AF244564

MUNICIPALITÉ DE PARIS.

INSTALLATION
DU CONSEIL-GÉNÉRAL
DE LA COMMUNE.

24 Février 1792,
l'an quatriéme de la Liberté.

A P A R I S,

De l'Imprimerie de LOTTIN l'aîné , & J.-R. LOTTIN,
Imprimeurs de la MUNICIPALITÉ , rue S.-André-
des-Arcs , n° 17 , 1792.

MUNICIPALITÉ DE PARIS.

INSTALLATION
DU CONSEIL-GÉNÉRAL
DE LA COMMUNE,

24 Février 1792,

MUNICIPALITÉ DE PARIS.

PAR LE MAIRE
ET LE CONSEIL GÉNÉRAL
DE LA COMMUNE.

INSTALLATION
DU CONSEIL GÉNÉRAL
DE LA COMMUNE.

Extrait du Registre des Délibérations du Conseil-Général de la Commune de Paris.

Du Vendredi 24 Février 1792, l'an 4e de la Liberté.

M. LE MAIRE a annoncé que le conseil général ayant été convoqué pour procéder à la réception du serment des

A 2

officiers municipaux nouvellement élus, & à l'inftallation, tant des officiers municipaux que des notables.

Le premier fubftitut-adjoint du procureur de la commune a requis & le fecrétaire - greffier a fait lecture 1° du procès-verbal de recenfement des fcrutins des fections, du 2 décembre 1791, pour l'élection du procureur de la commune,

2° De ceux des 10, 11, 15, 19 & 20 Février, pour l'élection des officiers municipaux,

3° De l'arrêté du corps municipal du 21 février, qui proclame les officiers municipaux, ordonne l'infertion dans le procès-verbal, tant des noms des officiers municipaux que de ceux des notables, dans l'ordre des fuffrages qu'ils avoient obtenus.

Le premier fubftitut-adjoint du procureur de la commune a expofé, qu'ayant écrit à MM. les officiers municipaux, pour s'affurer de leur acceptation, deux d'entr'eux, M. Debourges, de la fection des Gravilliers, & M. Jurie, de la section des Quinze-vingts, avoient répondu qu'ils étoient dans l'impossibilité d'accepter les nouvelles fonctions que la commune leur avoit confiées ; il a en conséquence requis , & le conseil-général a arrêté que ceux des notables qui avoient obtenu le plus de voix dans l'ordre du tableau dressé d'après le dépouillement du dernier scrutin, seroient appellés pour remplacer M. Debourges & M. Jurie.

Les deux notables sont M. Castille & M. Levasseur.

Il a été ensuite, sur la proposition du premier substitut-adjoint du procureur de la commune, procédé à l'appel nominal des vingt-quatre officiers municipaux , dans l'ordre suivant :

Noms des Officiers Municipaux. MM.	*Sections qui les ont nommés.*
Dusaulx , ...	Des Tuileries ,
Clavière , . . .	De la Bibliothéque.
Chambon, . . .	De la Halle-au-Bled.
Thomas , . . .	Des Lombards.
Sergent , ...	Du Théâtre-Français.
Boucher S.-Sauveur ,	*Idem.*
Bidermann, . . .	De la Fontaine-Montmorency.
Patris , ...	De l'Observatoire.

Noms des Officiers Municipaux. MM.	*Sections qui les ont nommés.*
Boucher René, . . .	De la Croix-Rouge.
Mouchet, ...	De l'Isle.
Offelin , ...	De la Fontaine de Grenelle.
Le Roi, ...	Du Louvre.
Mollard, ...	De Bonne-Nouvelle.
Hû , ...	De Ste-Géneviéve.
Féral, ...	De l'Isle.
Léfébure , . . .	De l'Arfenal.
Guiard , ...	Des Enfans-Rouges.
Guinot , ...	Des Quatre-Nations.
Therrein , . . .	De Mauconfeil.
Panis , ...	De l'Arfenal.
Dreüe , ...	Des Arcis.
Le Métayer , . .	De l'Oratoire.
Caftille , ...	Des Quinze-Vingts.
Levaffeur , . . .	De la Place-Royale.

Tous fe font trouvés préfens, à l'exception de M. Feral, qui eft dans ce moment abfent de Paris.

L'appel étant terminé, les vingt-quatre officiers municipaux, nouvellement élus ; fe font réunis fur l'eftrade, au-devant du bureau, & l'un d'eux, M. Dusaulx, portant la parole, a dit :

Monsieur le Maire et Messieurs,

« Honorés de la confiance de nos concitoyens, & appellés par eux aux fonctions importantes de la Municipalité, nous ne saurions nous diffimuler l'étendue & la rigueur de nos devoirs, dont le moindre eft de favoir mourir pour le maintien des Loix. Quand il n'y auroit, dans cette immenfe capitale, que l'admi- niftration de la police & des fubfiftances, qui peut répondre de fuffire conftam- ment à des objets fi grands, fi compliqués? On n'imagine pas ce que c'eft que d'avoir tous les jours affaire aux paffions des hommes, & à des befoins fans ceffe renaiffans.

» Ce qui nous raffûre, Meffieurs, c'eft que, guidés dans ce vafte labyrinthe, & foutenus par l'expérience des Magiftrats dont nous devenons aujourd'hui les col- lègues, & dont nous ferons bientôt, fi nos vœux font exaucés, les amis & les frères, nous ne dégénérerons point de nôtre patriotifme : nous faurons, peut- être, marcher fur les traces de ces électeurs & de ces repréfentans de la commune, que l'on regarde, à jufte titre, comme les premiers agens de la révolution.

» Si notre zèle, après tant de viciffitudes, avoit pu se rallentir un seul instant, ce que l'on ne sauroit nous reprocher, l'aspect de cette maison commune, que nous avons affranchie de son ancienne servitude ; l'aspect de cette salle populaire, qui fut le berceau de notre sainte insurrection ; qui reçut, le lendemain, la garnison & les trophées de la Bastille, triomphalement amenés & transportés par les vainqueurs de cette odieuse forteresse ; séjour, hélas ! non moins funeste que les antres ensanglantés des Phalaris & des Cacus ! qui devint, en un clin-d'œil, par le vœu de nos districts belliqueux, le centre de toutes les autorités, de toutes les sortes de pouvoirs : cette salle, Messieurs, & ses murailles éloquentes, suffiroient pour nous rendre l'énergie & l'unanimité qui, pendant les grands jours des 12, 13 & 14 juillet 1789, sauvèrent Paris investi de troupes menaçantes ; suscitèrent la France de l'orient à l'occident & jusqu'aux sommets des monts Pyrenées, contre l'antique despotisme dont le cadavre, quoiqu'en disent nos ennemis, ne sera jamais reſſuſcité ; non , jamais. L'amour de la liberté chez les peuples généreux, comme le ſoleil , ne ſait point rétrogader. D'ailleurs, ſi le danger renaiſſoit, & il renaîtra, les haines que l'on fomente parmi nous s'éteindront , les rivalités ceſſeront, ou du moins reſteront ſuſpendues ; un ſeul & même eſprit animera tous les citoyens , les uns par les ſentiment de la crainte , mais le plus grand nombre par celui de l'honneur : non de ce vieil honneur que l'on achetoit à prix d'argent, mais de l'honneur véritable dont le premier ſalaire eſt dans le cœur, & le ſecond dans l'eſtime durable de nos compatriotes. Ainſi, n'en doutons point, ſi l'on oſe nous attaquer nous redeviendrons bientôt ce que nous fûmes, quand le tocſin ſonna pour la première fois.

» Peuple & magiſtrats, n'attendez pas le ſon de la trompette ennemie pour vous réunir & marcher de concert ; il ne ſeroit plus temps. Veillez, & gardez-vous bien de vous alarmer pour de vaines menaces. L'orage, il eſt vrai, gronde au loin ; des perfides nous travaillent

dans l'intérieur : mais nos dignes repré-
sentans veillent jour & nuit sur le salut
commun de cet empire. Après avoir tout
tenté, on voudroit les avilir ; faisons-les
respecter, & la patrie est sauvée.

» Que tardons-nous, Messieurs ? Mar-
chons à l'assemblée – nationale, & j'en
fais la motion expresse dans cette jour-
née solemnelle : allons lui porter les nouveaux hommages de Paris, & lui jurer,
à l'exemple des électeurs, que cette ville
ne lui est pas moins dévouée qu'elle ne
l'étoit à l'assemblée constituante, le 26
juin 1789 ; c'est-à-dire, dans des circonstances peu différentes de celles où
nous-nous trouvons.

» La liberté, dont les esclaves eux-
mêmes ne cessent, à leur insu, d'éprou-
ver le sentiment & le regret, la liberté
françoise, si nous le voulons, plus affer-
mie que jamais sur ses bases éternelles,
bravera désormais les siécles & les des-
potes.

» J'observerai cependant, Messieurs,
que dans les conjonctures actuelles, le
dévoûment & l'enthousiasme ne suffisent

pas à la grande magiftrature dont le peuple nous a revêtus. Nous devons encore confulter la prudence & ne marcher qu'à la lumière du flambeau de la raifon. Croyez qu'il eft plus facile de renverfer des citadelles que de rétablir l'ordre, que de reconftruire l'édifice des mœurs.

» Armés de la loi, pourfuivons donc fans égard quiconque, fous quelque prétexte que ce foit, nuit ouvertement à fes femblables, & rompt autant qu'il eft en lui le lien focial. Anéantiffons, fans délai, ces antres infernaux où des hommes qui n'ont plus de parens ni d'amis, qui n'ont plus de patrie, fe raffemblent tous les jours pour y tendre des piéges pour y confommer des crimes. Pères de famille qui m'entendez, je parle des joueurs & de ces tripots, de ces gouffres toujours ouverts pour engloutir non – feulement les grandes fortunes, mais encore les derniers débris de la mifère. Pères & mères, ceffez de trembler fur le fort de vos enfans : déjà nos légiflateurs ont choifi deux de nos membres pour s'informer des fymp-

tômes de cette pefte invétérée; & bientôt l'affemblée-nationale va rendre un
décret que les joueurs eux-mêmes, à
moins qu'ils ne foient totalement déna-
turés, n'oferont plus braver; car le feul
titre de joueur va devenir dans tous les
départemens, dans toutes les fections,
une note d'infamie.

»Quant à nous, Meffieurs, tâchons que
nos fonctions diverfes & légalement
fubordonnées, ne fe confondent point,
n'empiétent point les unes fur les autres.
Rétabliffons l'harmonie qui régnoit, il
y a trois ans; rappellons cette union,
qui ne faifoit de la ville de Paris qu'un
grand peuple de frères. Ce qui n'eft pas
moins important, donnons enfin l'exemple d'honorer notre chef, & fecondons,
de toutes nos forces, fes généreufes
intentions.

» Ce chef, Meffieurs, je le connois, je
l'ai vu naître; j'en répondrois, fi vous ne
le connoiffiez pas auffi bien que moi. Au
refte, celui qui a concouru à la formation
de nos loix, qui en a provoqué d'effen-
tielles, & ne s'eft point démenti. Celui-

là ne souffrira jamais qu'il y soit porté la moindre atteinte. Fidèle à ses principes, il continuera d'aimer, de servir le peuple & d'en rappeller la dignité, à quiconque oseroit la méconnoître. Il continuera, parce que la constitution a déclaré qu'elle le chérissoit, ce peuple souverain, qu'elle l'honoroit spécialement; parce qu'elle l'a rétabli dans ses droits imprescriptibles, & qui dérivent immédiatement de la nature des choses. Si ce peuple s'égare, votre maire a déjà prouvé qu'il savoit le ramener par la douceur & la persuasion. Ne caignons point la tourmente; tout lui sera possible, Messieurs, quand les officiers municipaux, réunis aux notables, ne formeront plus qu'un vœu unanime & sincère, le vœu de vivre libre ou mourir ».

M. Manuel, élu procureur de la commune, a pris la parole après M. Dussaulx; il a dit :

Monsieur le Maire, Messieurs,

« Mes concitoyens, ceux qui sentent déjà que le plus beau de leurs droits, comme le plus facré de leurs devoirs, eft de choifir les repréfentans de la commune, m'ont élevé à un de ces poftes qu'il n'étoit permis à aucun de nous ni de défirer, ni de craindre.

» J'avois été un des premiers à fervir le peuple, parce que la *révolution* m'a trouvé debout. Il fait bien que je ne reculerois pas devant le tombeau des *Gracques*, puifqu'il m'ordonne de le fervir encore.

» Sans doute les orages de la liberté ne font point paffés ; mais qui de nous ne les préféreroit au calme perfide de la tyrannie? Car enfin, lorfqu'une nation fe fouléve, c'eft toujours pour fecouer des fers. Le matin tout eft perdu ; le foir tout eft fauvé. Terrible, mais trop fort pour être méchant, ce n'eft pas le peuple qui médite pendant fept mois une *faint Barthelemi.*

» Efpérons du moins que cette première ville du monde, où il y a un foldat par tout où il y a un homme, ne donnera jamais l'exemple de l'anarchie, qui feroit plus de mal que le defpotifme même ; & si quelquefois l'inquiétude qui naît de l'amour de la patrie, rassembloit trop de ces citoyens qui n'ont plus qu'une crainte , celle de redevenir esclaves , comptons sur le pouvoir de la vertu & de l'éloquence. A Rome , la présence seule de Caton dissipoit une émeute.

» Mais loin de nous ces froids & pusillanimes défenseurs du peuple , qui voudroient l'empêcher de prendre une haute idée de sa puissance ; plus il sentira sa dignité , plus il sera soumis aux loix qui font son ouvrage.

» C'est à nous qui n'avons de l'autorité que par lui & pour lui, à lui apprendre que tous ses fonctionnaires lui doivent des comptes, & que ceux de l'administration municipale doivent être imprimés tous les ans ; que les services les plus importans ne peuvent jamais dispenser ses mandataires de paroître à ce tribunal souverain qui envoyoit les *Scipion* même en exil , seulement parce qu'ils étoient suspects ; & qu'enfin un buste ne doit plus jamais être que l'image posthume d'un grand homme.

» Oui , Meſſieurs , ne diſſimulons ja-mais au peuple ſes droits. C'eſt le moyen de l'attacher à ſes devoirs. Il compren-dra mieux qu'il eſt de ſon intérêt, comme de ſa gloire , de couvrir les écharpes qu'il donne , de cette confiance , de ce reſpeᴄt qui fait la force des loix : & la force des loix eſt le ſalut de tous. Si, dégradé par des tyrans de toute eſpéce, il n'avoit préciſement de vertu que ce qu'il en falloit pour conquérir ſa liberté, combien n'en a-t-il pas à acquérir pour la conſerver ? Le grand reſſort de l'au-torité eſt dans les mœurs ; & , s'il faut être homme de bien pour commander , il ne faut pas moins être homme de bien pour obéir.

» Une révolution qui a changé les choſes doit auſſi changer les hommes. Qui plus que nous , Meſſieurs , doit con-tribuer à cette trop tardive regénération? C'eſt dans vos aſſemblées où toujours fidèles aux principes , avec du reſpeᴄt pour les opinions , & de l'indulgence pour les erreurs , toujours prêts dans vos diſcuſſions à conſulter *Ariſtide* , parce

qu'après

qu'après la loi, c'eſt la vertu qui décide, vous préférerez la préciſion des Spartiates à l'éloquence des Athéniens; c'eſt ici que le peuple, témoin de vos imprécations terribles contre les traîtres, & de vos vœux pour le bonheur de tous, s'accoutumera peu-à-peu à ſubſtituer les actions fières de la liberté & de la raiſon, à la baſſeſſe & à l'hypocriſie de l'eſclavage & de la ſuperſtition ; & je vois de loin ces jours heureux où, riche de ſes mœurs & de ſes loix, il effacera la mort de ſon code pénal, parce que le dernier des ſupplices ſera d'être chaſſé de la France.

» Meſſieurs, l'adminiſtration municipale eſt la ſauve-garde du peuple. C'eſt elle qui le conſolera de n'avoir eu ſi long-tems pour pères que des Rois. Il eſt enfin ſous l'œil tutélaire de ſes égaux, de ſes amis qui, ſortis pour un moment de la foule, n'oublieront jamais qu'ils doivent y rentrer.

» Puiſſe cette municipalité nouvelle, qui paroît être ſelon le vœu du peuple, étroitement unie de principes & de ſentimens, fans intérêt, fans paffions, toute entière à la chofe publique, fous la bannière de la liberté, qui n'eft pas un drapeau rouge, offrir à toutes les municipalités l'exemple fublime & touchant de cette harmonie qui, née de l'eftime, fait la force & le bonheur des communes.

» Modèles & cautions les uns des autres, défefpérons la calomnie par nos travaux; c'eft le feul moyen de la punir, digne de nous. Mais la première preuve de nos bonnes intentions, ce devroit être la publicité de toutes nos féances; nous ne devons rien cacher au peuple, pas même nos fautes. Tant mieux qu'il ne croye rien que fur de bonnes raifons: Nous nous accoutumerons à lui en donner. Il faut que, dans cette maifon commune, qui n'eft plus un *hôtel*, toujours entendu, toujours refpecté, il s'apperçoive, jufques dans les bureaux, que nos commis font les fiens; & il auroit le droit de s'étonner, de fe plaindre, fi, dépofitaires de fa confiance, quand il n'a pour toute *lifle civile* que quelques emplois à donner, vous-vous entouriez de flatteurs à gages, qui n'ont que le désir de vivre, n'importe sous quel maître. N'est-il pas juste qu'il verse le peu, d'argent qu'il a dans les mains pures de ceux qui ont servi la révolution. Il faut aimer la patrie pour bien remplir ses devoirs; & celui-là seul peut être toujours sûr de les remplir qui se sentira le courage de me dénoncer, sans craindre de perdre sa place.

» Nous sommes, Messieurs, dans le premier temple de la liberté. Il a été fondé par les électeurs du 14 juillet.

» N'êtes-vous pas étonnés, comme moi, de ne trouver sur les murs de cette salle aucune des preuves heureuses de la révolution ? Je n'y vois pas même la *déclaration des droits de l'homme* : & sans doute que derrière ces rideaux épais soupirent encore de ces échevins qui, à genoux devant le trône, faisoient mettre le peuple à genoux devant eux .Est-ce assez de rougir de ces tableaux? Il faut les vendre, pendant qu'il y a encore des hommes qui achétent des esclaves ; & que *David* nous mette sous les yeux un *Brutus*, des

Horaces, & le *Jeu de Paume*. Qui de nous, en leur préſence, oſera trahir ſes devoirs & ſes ſermens ? Nous puiſerons là ce dont nous avons le plus grand beſoin, la force des grands caractères.

» Vous le preſſentez comme moi, Meſſieurs ; le vaiſſeau où nous ſommes ſera battu des vents ; mais le pilote qui le gouverne s'eſt déjà meſuré avec eux ; & d'ailleurs, n'eſt-il pas aſſûré par ces gardes nationales, qui citoyens avant que d'être ſoldats, dans ces derniers troubles, d'où pouvoit éclore la guerre civile, là où ils cherchoient des enne-mis à combattre, n'ont laiſſé par-tout que des frères.

» Sûrs donc d'arriver au port, ne nous rebutons ni des écueils, ni des tempêtes. La liberté vaut toujours plus qu'elle ne coûte. Sans doute ſi les deſpotes qui ſément des précipices ſous nos pas, ſe contentoient, comme les dieux de Rome, d'une victime, vous me verriez, ma tête enveloppée de mon écharpe, m'enſévelir dans le gouffre de Curtius.

» Je jure que, ſi je n'étois pas dévoué

à la caufe du peuple jufqu'à la mort, je ne voudrois pas de ma place ; je jure que, fi la chofe publique n'étoit pas en danger, je ne l'aurois point acceptée ; car toute mon ambition étoit la vie paifible des lettres. Heureux du moins d'avoir eu le tems, dans une obfcure retraite, de bien me convaincre que la plus grande des vertus eft d'entendre dire du mal de foi, & de faire du bien. Oui, Meffieurs, ce n'eft rien que de fupporter des in-juftices, le grand malheur pour nous, ce feroit d'en faire ».

Le premier fubftitut-adjoint du pro-cureur de la commune, prenant, à fon tour, la parole, s'eft exprimé en ces termes, en s'adreffant d'abord au pro-cureur de la commune.

Monsieur,

« Vous prenez poffeffion d'une des plus importantes magiftratures que la Conftitution ait mis au choix immédiat du peuple.

» Dans l'ordre conftitutionnel, la mu-nicipalité de Paris eft au rang de toutes les autres; mais, par l'étendue de ſes devoirs, elle n'eſt comparable à aucune.

» La police de la capitale, ſes approviſionnemens, ſes établiſſemens & travaux publics, ſa force armée, ſes contributions, les biens nationaux, dont la vente lui eſt confiée, compoſent une adminiſtration qui n'a aucune proportion avec celle des plus grandes villes du royaume; enfin les beſoins journaliers de huit-cents mille citoyens ſont confiés à ſa prévoyance : la conſervation de leurs perſonnes & de leurs propriétés repoſent ſous ſa garde.

» Placée près du corps légiſlatif & du roi, la municipalité eſt reſponſable à la France entière, de leur ſûreté, & même de leur ſécurité.

» Chargée de maintenir l'ordre, de faire régner la juſtice dans cette vaſte cité, ſouvent agitée par les complots des ennemis publics, dans cette immenſe population, dont l'opinion, dont les mouvemens ſervent de régulateur au reſte de l'empire; la municipalité peut, ſous ces rapports divers, influer ſur la tranquillité & le bonheur de tous les françois.

» Vous voyez , Monſieur, qu'indé-
pendamment de la reſponſabilité impoſée
par la loi aux officiers municipaux, une
plus grande encore , une reſponſabilité
toute morale pèſe ſur ceux de la capitale,
mais auſſi qu'une récompenſe bien pré-
cieuſe , la reconnoiſſance de huit-cens
mille âmes, l'eſtime du reſte de la France,
peut être le prix de leur ſageſſe & de
leurs vertus.

» Pour vous , Monſieur, gardien de
l'intérêt public, organe de la loi près de
cette adminiſtration puiſſante, votre ſur-
veillance va s'étendre ſur toutes ſes par-
ties; vos regards, ſur tous ſes agens;
votre ſévérité, ſur tous ſes abus ; & votre
miniſtère vous appellera par tout où les
intérêts de la commune ſeront attaqués,
par-tout où es perſonnes & les propriétés ſeront en danger , par-tout enfin où
la loi ſera violée.

» Une vaſte carrière s'ouvre devant
vous ; vos talens & votre patriotiſme
vous la feront, ſans doute, parcourir
avec gloire ; le peuple appréciera vos
efforts ; il jugera vos travaux. Placé au

tour de ſes magiſtrats, il couvre de ſon eſtime, de ſes benédictions ceux qui ſe montrent dignes de ſes ſuffrages ; de même qu'il écraſeroit du poids de ſon indignation, ou de celui, plus inſupportable encore, de ſon mépris, ceux qui trahiroient ſes intérêts ſacrés.

» Quant à moi, Monſieur, que ſes ſuffrages n'avoient appellé qu'à partager l'honorable fardeau qu'il vient de vous confier, & que des circonſtances imprévues, affligeantes, en ont chargé ſeul pendant cinq mois, je le dépoſe avec ſatisfaction en des mains plus fortes, plus habiles que les miennes ; & je me trouve heureux de reprendre ma première place ».

M. Deſmouſſeaux, s'adreſſant enſuite à l'aſſemblée, a dit :

» Je vais, Meſſieurs, me ſéparer de pluſieurs de mes collégues, qu'il me ſoit permis de leur exprimer la reconnoiſſance que je dois aux ſentimens dont ils m'ont conſtamment honoré. Lorſque, par des travaux pénibles & continus, je ſentois mes facultés phyſiques & morales totalement affoiblies, je retrouvois dans leur confiance, dans leur amitié, les forces & les conseils qui m'é-toient nécessaires.

» Je trouvois encore près de ces hommes estimables, des exemples pré-cieux, dont je me suis souvent fortifié. Remplissant avec une exactitude reli-gieuse les fonctions qui leur étoient con-fiées, ils n'avoient d'autre guide que la loi, d'autre lien que leur devoir, d'autre parti que celui de la liberté, d'autre but que le bonheur du peuple.

» Ne croyez pas, Messieurs, que ces témoignages que je me plais à rendre pu-bliquement à leurs vertus, prennent leur source dans les seules inspirations de l'a-mitié; la justice me les dicte, & bientôt les preuves en feront sous vos yeux ».

M. le Maire a exprimé, au nom du conseil-général, les sentimens de tous ses membres, il a dit :

Messieurs,

« Magistrats du peuple, venez jurer de défendre la liberté & la constitution de votre pays ; le ciel & la patrie at-tendent vos sermens ; nous en serons les dépositaires; vos concitoyens en seront les témoins : venez au milieu de vos frères; réunissons nos efforts; n'ayons qu'un vœu, qu'un sentiment; soyons libres, ou cessons de vivre; aimons la loi; protégeons-la; surveillons ces lâches hypocrites qui ne lui adressent sans cesse leurs hommages imposteurs que pour mieux la trahir; surveillons ces hommes pervers qui, parlant sans cesse de paix, ne veulent que la discorde ou le silence affreux de l'esclavage; défendons, avec énergie, les droits & les intérêts qui nous sont confiés; soyons dignes du peuple, & le peuple sera digne de la destinée qui l'attend.

» Le moment est difficile; des manœuvres de toute espéce nous environnent; des complots se trament; on veut égarer, diviser, soulever les citoyens; on veut combiner une guerre civile avec des guerres étrangères.

» Eh bien! soyons aussi grands que les circonstances; de la prudence, un courage inébranlable, & nous surmonterons tous les obstacles; ayons, sans cesse, devant les yeux ces beaux jours de la liberté naissante ; soyons ce que nous étions alors ; que la nation se léve dans toute sa splendeur; qu'elle reprenne sa dignité & son attitude imposante.

» C'est aux magistrats du peuple qu'il appartient sur-tout de donner ce grand & salutaire mouvement à l'opinion.

» Les fonctions que nous avons à remplir sont étendues, sont pénibles ; l'amour de nos devoirs, l'idée si consolante de faire du bien nous les rendra faciles, & la fraternité en adoucira l'amertume.

» Les nœuds qui viennent de se rompre avec des collégues qui ont partagé nos peines & nos travaux nous laisseroient des regrets, si les nouveaux qui vont se former, ne nous donnoient pas les plus grandes espérances, & des jouissances anticipées.

» Nous ne pouvons trop le répéter, soyons unis; confondons tous nos intérêts dans l'intérêt général ; immolons toutes les petites passions particulières, toutes les foiblesses humaines sur l'autel de la patrie ; & s'il eſt une ambition qui nous ſoit permiſe, que ce ſoit celle de ſervir d'exemple aux autres municipalités de l'empire ».

Le premier ſubſtitut – adjoint du procureur de la commune, ayant alors requis que les officiers municipaux ſuſſent admis à la preſtation du ferment ordonné par la loi, M. le Maire en a prononcé la formule en ces termes :

« *Vous jurez & promettez d'être fidéles*
» *à la nation, à la loi & au roi ; de main-*
» *tenir, de tout votre pouvoir, la conſtitu-*
» *tion décrétée par l'aſſemblée nationale conſ-*
» *tituante, aux années 1789, 1790, 1791,*
» *& acceptée par le roi, & de remplir vos*
» *fonctions avec honneur & exactitude ».*

MM. les officiers municipaux, ayant tous la main levée, ont dit *je le jure.* Ils ont enſuite été décorés, par M. le Maire, de l'écharpe municipale, & chacun d'eux a pris, au milieu des applaudiſſemens, place dans le conſeil général.

Sur la réquiſition du premier ſubſtitut-adjoint du procureur de la commune, le conſeil général a arrêté que les anciens

officiers municipaux adminiftrateurs ou
membres des différentes commiffions
municipales, du confeil général & du
tribunal de police, continueroient leurs
fonctions jufqu'après l'élection des nouveaux adminiftrateurs.

Sur l'obfervation faite par l'un de
MM. les notables nouvellément élus,
que, quoique l'article XX du titre V
du code municipal ne leur imposât point
l'obligation de prêter un ferment, ils
fentoient tous le befoin de recevoir &
de donner à leurs concitoyens, cette
marque de leur zèle, & du dévoûment
dont ils étoient animés;

Le procureur de la commune entendu,

Le conseil général a arrêté que
MM. les notables prêteroient, à l'inftant,
le ferment décrété par la conftitution.
M. le Maire en a prononcé la formule,
& MM. les notables, tenant tous la main
levée, ont dit : Je le jure.

Un des membres du confeil général
a demandé qu'il fût délibéré, à l'inftant,
fur la motion faite dans le difcours de
M. Duffaulx, tendante à ce que le confeil
général fe rendît en corps & féance

tenante, auprès du corps légiſlatif, pour lui porter les hommages de la Municipalité, & l'aſſûrer du dévoûment de la commune de Paris;

La propoſition, miſe aux voix, a été unanimement adoptée;

Un autre membre a demandé qu'il fût arrêté qu'à l'avenir, les féances du corps municipal feroient publiques;

LE CONSEIL GÉNÉRAL a ajourné à ſa première féance, la difcuſſion de cette propoſition. Il a enſuite ordonné l'inſertion dans le procès-verbal, & l'impreſſion des difcours qui ont été prononcés; &, preſſé de fatisfaire à la délibération qui l'appelle auprès du corps légiſlatif, il s'eſt, à l'inſtant mis en marche, précédé de ſes huiſſiers, & accompagné des gardes de la ville. Le conſeil général a été admis à la barre, & M. le maire a prononcé le difcours fuivant :

MESSIEURS,

« Le zèle & le dévoûment nous entraînent vers vous; nos hommages font ceux d'hommes libres qui n'aiment que la vérité, qui ne favent que fon langage. Vous avez rendu de grands fervices; il vous en refte de plus grands encore à rendre. Le moment où nous vivons eft difficile, nous ne craignons pas de le dire, le plus difficile qui fe foit encore préfenté depuis l'époque de notre glorieufe révolution.

» Repréfentans du peuple, foyez toujours à la hauteur des circonftances, prenez une attitude fière & impofante; déployez tout ce que peuvent le courage & l'énergie; relevez l'efprit national, qu'on cherche fans ceffe à abbaiffer. La nation n'attend que le fignal pour obéir à l'impulfion généreufe que vous lui donnerez.

» N'écoutez pas ces confeils pufillanimes qui perdent tout : ce n'eft pas dans le moment du combat qu'on peut employer ces moyens mitigés, qui pallient & aggravent le mal, au lieu de le guérir. Sans ceffe des hommes lâches & perfides proteftent de leur amour pour la paix; mais la paix qu'ils demandent eft la paix des efclaves : foyons libres, ou ceffons de vivre; forçons même nos ennemis à nous refpecter; en vain la ligue la plus criminelle confpire pour enlever aux repréſentans du peuple l'opinion puiſſante qui les environne, elle ne vous abandonnera jamais, parce que jamais vous ne ceſſerez de la mériter.

» Vous en avez pris l'engagement à la face du ciel : la patrie l'a reçu, & le peuple eſt là, pour confondre vos ennemis, pour anéantir tous les conſpirateurs».

M. le Préſident a répondu :

» L'aſſemblée nationale reçoit avec ſatisfaction l'hommage de votre zèle. Les circonſtances n'ont jamais plus réclamé la ſollicitude paternelle des magiſtrats du peuple. C'eſt à vous qu'il appartient de le diriger, de fixer ſa ſoumiſſion à ſa propre volonté légalement exprimée. La reconnoiſſance en ſera le prix. L'aſſemblée vous invite à aſſiſter à ſa ſéance ».

Le conſeil a été admis à la ſéance ; & il ne s'eſt ſéparé qu'après qu'elle a été levée.

Signé, PETION, Maire ;

DEJOLY, Secrétaire-Greffier.

1792.